Trotzdem

Sie jagen das Gift in den Rhein,
sie panschen Chemie in den Wein,
sie kippen den Müll ins Meer,
sie schütten noch Öl hinterher,
das Trinkwasser darf man längst nicht mehr trinken,
Bäche, Flüsse und Seen stinken,
in die Nudeln manschen sie tote Küken,
die Blumen voll Strahlen darfst du nicht pflücken,

daß es schwer wird, weiß ich auch
und trotzdem
du in meinem Bauch.

Vorleben

Wenn ich dich in meinen Armen trage –
dich Handvoll Mensch – stell' ich mir die Frage:
was hast du eigentlich Tag und Nacht
bevor du geboren wurdest gemacht?
Du hast unsere Stimmen kennengelernt,
hast gehört, ob sie nah klangen oder entfernt,
du hast Licht und Wärme der Sonne gefühlt,
dein Fäustchen hat mit unseren Händen gespielt.
Du hast sogar eine Ahnung empfunden,
war'n es heitere oder traurige Stunden.
Du hast bleibende Innigkeit in mir entfacht –
erst dann hab' ich dich zur Welt gebracht.

Herzklopfen

Babys Atmung geht
un – re – gelmäs – sig
sagt der Kinderarzt.

Babys Atmung geht
langsam – schnell – langsam
steht in der Zeitschrift.

Babys Atmung setzt
sogar manchmal
aus
das hab' ich längst erkannt
und bin trotzdem dauernd zum Bettchen gerannt –
mein Herz klopfte bis zum Hals,
dein Herzklopfen hob sanft die Bettdecke,
mir fiel ein Stein vom Herzen.

Loslassen

Dein Kopf drängt nach unten,
die Geburt beginnt,
du drängst nach draußen,
ich laß dich los, mein Kind.

Du ziehst dich am Stuhl hoch,
wirst plötzlich groß,
du ziehst deinen Finger aus meiner Hand,
au fein, ich laß dich los.

Dein Blick ist gelenkt zur anderen Straßenseite,
du willst meine Hand nur kurz umfassen,
du lenkst deine Schritte zum Schulhof rüber,
es fällt mir schon schwerer dich loszulassen.

Du wendest dich dem Trittbrett zu,
du willst den Zug nicht verpassen,
du wendest dich nur dann nicht ab von mir,
wenn es gelingt, dich loszulassen.

Ohne Groll

Erst hab ich ein bißchen gejammert:
ihr geht schwimmen,
ich will mit.
Ach was – Babys Fäustchen hat meinen Finger umklammert.
Ich fühl mich so gebunden:
ihr fahrt Fahrrad,
ich will mit.
Aber dann hab ich an Babys Öhrchen lauter Härchen gefunden.
Eure Füße traben, meine stehn:
ihr geht joggen,
ich will mit.
Aber da hab' ich Babys allererstes Lächeln gesehn.

Ich wein' nicht drum, was wir heut' nicht machen:
ihr geht in den Zirkus,
ich will mit.
Ach was, morgen gehn wir alle zusammen lachen.

Abschied

*Deine Härchen nie mehr so flaumig,
deine Augen nie mehr so kullerig,
deine Ohrläppchen nie mehr so knibbelig,
deine Nase nie mehr so stubsig,
deine Bäckchen nie mehr so aprikosig,
deine Lippen nie mehr so kussig
wie heut', meine Kleine,
drum verzeih', wenn ich weine . . .*

Make-up

Broschen beißen Baby-Bäckchen
Popo-Öl nagt am Nagellack
Wimperntusche zerfließt unter Kullertränchen
Kinderküsse verwischen Lippenstift

Schmuck und Schminke haben mir gerade noch gefehlt
du bringst Farbe in mein Leben,
mein Goldstück.

Töne

Bestimmt seit einem Viertelstündchen
purzeln aus deinem Mündchen
wunderschöne
Töne.
Doch plötzlich wird die Sache rund:
ein o entringt sich deinem Mund.
Behalt in deinem Leben Platz
für dieses o, mein kleiner Schatz.

Löwin

Zu den Stubenfliegen, die an der Scheibe kleben,
sag' ich: laßt mich leben,
aber hinterm Kinderwagen werd' ich zur Löwin.

Wenn wir uns am falschparkenden Wagen
vorbeiquetschen,
sieht man mich die Zähne fletschen,
und meine Krallen angeln nach Block und Bleistift.

Mach' den Kindern nichts Falsches vor, Mann,
knurre ich den Fußgänger an,
der die Ampel links liegenläßt.

Inmitten von Abgasen und Zigarrettenrauch
hebe ich meine Pranke und fauch'
ich werd' euch was husten.

Fliegt der Düsenjäger einen Angriff auf deine Stille,
dann richte ich mich voll auf und brülle
Welt – halt' die Luft an!

Abfälle

Schau mal, die Dunstglocke über der Stadt!
Und da der Hundehaufen auf dem Bürgersteig.
Wer wohl die alten Sessel am Waldrand abgeladen
hat?
Da hängt 'ne Plastiktüte an dem Zweig.
Warum wohl jemand Coladosen auf den Bahndamm
geworfen hat?
Da drüben schmeißt einer Zigarettenkippen aus dem
Auto fort.
Komm, wir besiegen den Goliath,
wir bringen dein Eisstäbchen in den Papierkorb dort!

Morgens und abends

Morgens bin ich gespannt auf unseren Tag,
dann spielt meine Hand mit deinem kleinen Fuß,
kitzelt mein Finger deine weiche Achselhöhle,
spritzt der Lappen dein Bäuchlein naß,
und ich freu' mich:
was haben wir für'n Spaß!

Abends denk' ich an Gott und die Welt,
dann umschlingt mein Arm deinen winzigen Körper,
umfaßt meine Hand deinen winzigen Kopf,
preßt sich meine Wange an deine winzige Schnute,
und ich fleh' unter Tränen:
alles Gute . . .

Bleischwer

Baby weint nachts nach mir:
gib mir mehr
ich raffe mich auf – bleischwer

Alle rufen am Tag nach mir:
schmier mir Brote,
hilf mir in die Stiefel,
wickel mich,
lach mit mir,
koch für mich,
wasch mich,
lies mir vor,
sing mit mir,
gib mir mehr –
Hände, Füße, Kopf: bleischwer

ich kann nicht mehr
Tränen rollen: bleischwer

Aufräumen

Wer in unserem Haus ist zu Gast,
sei bitte auf folgendes gefaßt:
Stößt man die Autotüre auf,
trete man nicht auf den Fußball drauf.
Um den Roller mache man einen Bogen,
der liegt seit zwei Wochen da – ungelogen!
Auf der Treppe die Rollschuhe mit gelben Schlaufen,
die bitten wir rücksichtsvoll zu umlaufen.
Wem am Eingang das Dreirad den Weg versperrt,
der mache bitte nicht gleich wieder kehrt!
Und Philip hat sich mit Fingern – bemalten! –
vorhin an der Flurtür festgehalten.
Ich hoffe, man kann es mir vergeben,
daß am Tischbein noch ein paar Breikleckse kleben.
Die Diele ist voll von Wäscheständern –
ich zucke die Achseln: es ist nicht zu ändern.
Die Kinder und ich haben, statt aufzuräumen,
vorgezogen, ein wenig zu träumen,
uns zu beugen über ein Bilderbuch,
zum Putzen ist's morgen noch früh genug!

Essen

Vor lauter Füttern
wird mein Essen kalter Kaffee.
Bei eurem Gegröle
bleibt mir der Bissen im Halse stecken.
Inmitten von Geschmatze
vergeht mir der Appetit.
Heruntergefallene Becher zu meinen Füßen,
möchte ich am liebsten alles hinschmeißen.

Und doch: Ich hab' euch zum Fressen gern.

Durchhalten

Manchmal fallt ihr mir so auf die Nerven,
da möchte ich das Geschirrtuch werfen.
Der eine hat nach Süßem gebettelt,
der andre 'ne Keilerei angezettelt,
bei den Hausaufgaben hat was nicht geklappt,
da ist einer beinahe übergeschnappt,
dem andern ist ein Spielzeug zerbrochen,
aus der Küche hat's nach Verbranntem gerochen,
das Kleinste hat mir Brei um die Ohren geprustet,
der andere Kerzenwachs auf den Tisch gepustet,
als ich ans Telefon kommen sollte
und gerade explodieren wollte,
da hab' ich meinen Trick angewandt
und bin ins Badezimmer gerannt.
Dort habe ich Tür und Ohren verschlossen
und eine Minute die Stille genossen.
Dann atme ich immer ganz tief durch und sage:
Ich bleibe – verdammt nochmal – Frau der Lage!

Urlaubsbummel

Die Kinder mit der Oma im Boot –
wir zwei allein Hand in Hand:
da guck', die Regenmäntel auf der Stange!
Philips Lieblingsfarbe ist rot . . .

Die Kinder mit der Oma auf See –
wir zwei allein unterwegs:
da, sieh' mal, der Fischhändler hat Lachs!
Den kaufen wir Tina, okay?

Die Kinder mit der Oma an Deck –
wir zwei allein im Café:
da, schau mal, die Mohrenköpfe!
Die kriegen die Kinder, die putzen sie weg!

Die Kinder mit der Oma auf den Wogen –
wir zwei allein am Ufer:
hoffentlich haben sie die Kapuzen auf!
Oder haben wir selbst die Kapuzen zu tief
in die Stirn gezogen?

Kinderstunde

Einmal pro Woche kommt der Augenblick,
wo ich für die Kinder auf den Fernsehknopf drück',
wir uns aneinander ins Sofa schmiegen
und flimmernde Träume zu sehen kriegen.
Die Kinder verfolgen die flackernden Lichter,
ich schaue gebannt in ihre Gesichter,
genieße den Druck der kleinen Hand
auf der spannenden Reise durch's Mattscheibenland,
das – wohlgemerkt sparsam präsentiert –
die Kinder sehenswert fasziniert.

Langer Samstag

Wenn meine Meute aufgegessen hat,
fahr' ich in die Stadt, ich hab's nämlich satt.
Ich will heut' mal fremde Gesichter sehn,
mal ohne Gezeter ein paar Meter gehn,
meine Schritte zu schicken Boutiquen lenken –
mal nicht an euch denken.

Leider fällt mir beim Aussteigen ein,
Babys Strampler werden langsam zu klein,
Tinchens Malkiste ist nicht mehr voll,
Philips Cordhose ist nicht mehr toll,
Papa braucht einen Film für den Fotoapparat –
deshalb war ich also in der Stadt!
An mich zu denken, war wohl zu vermessen.
(Ach ja, ich habe ein Eis gegessen.)

Hemden

Vierzehn Herrenhemden lassen die Flügel hängen:
ich muß sie gebügelt auf Bügel hängen.
Babyhemden türmen sich zu Halden:
ich soll sie falten.
Kindergartenjungenhemden mit Streifen
gilt es glattzustreifen.
Die Spitzenschmetterlinge auf Mädchenhemden
–die koketten –
soll ich glätten
Manchmal denke ich ungehemmt:
ihr könnt mich mal mit dem Oberhemd, Trägerhemd,
Babyhemd . . .

Nachtruhe

Füße tappen nachts durch den Flur –
ratlose Eltern: was machen wir nur?
Schlechter Traum oder Durst nach Tee,
manchmal tut der Bauch dir weh . . .
Alles vorgetäuscht, denken wir.
Ab, marsch, in dein Bett mit dir!

Eines nachts geht's zu sehr an die Nerven –
ach was, warum soll'n wir dich wieder rauswerfen?
Meinetwegen komm in die Mitte,
doch möglichst bewegungslos lieg dort bitte!
Komm nicht auf die Idee zu strampeln
oder uns in den Bauch zu trampeln.

War'n wir die ganze Zeit eigentlich blind?
Ist es nicht dein Recht als Kind
unsre Nähe zu suchen, Wärme, Vertrauen,
Zärtlichkeit, auf die du immer kannst bauen?
Ach, komm doch rüber, komm doch her,
du lebendiger kleiner Kuschelbär!

Unbeobachtet

Wenn du die Nase ans Fenster drückst,
wenn du ein Puzzle zusammenstückst,
wenn du durch eine Pfütze patschst,
wenn du mit Wasserfarben matschst,
wenn du Schokoladenpudding ißt –
du ahnst ja nicht, wie süß du bist!

Wenn du im Bilderbuche blätterst,
wenn du auf die Rutsche kletterst,
wenn du ein Fensterbildchen klebst,
wenn du auf der Schaukel schwebst,
wenn du weinend den Teddy vermißt –
du ahnst ja nicht, wie süß du bist!

Wenn du mit Badewasser spritzt,
wenn du zum Kuß dein Mäulchen spitzt,
wenn du beim Zähneputzen brüllst,
wenn du dich nicht anziehen willst,
wenn du deine Handfläche mit meiner mißt,
du ahnst ja nicht, wie süß du bist!

Einkauf

»Na, du kannst aber kräftig singen!«
»Soll die Tante dir ein Kekschen bringen?«
»Ihr Kleines ist aber ganz schön munter!«
»Paß auf, gleich fällt dir die Fleischwurst runter!«
»Kannst du vor Müdigkeit nicht mehr laufen?«
»Will Mutti die Schokolade nicht kaufen?«

Ich sah dich, mein Trotzkopf, am Boden liegen
und habe zu alldem lächelnd geschwiegen.
Du fröhlich hopsend, ich nervlich erstarkt,
so verlassen wir beide den Supermarkt.

Schmerzen

Gestern hast du
zum erstenmal mit der heißen Herdplatte gespielt.
Es war ein Spiel mit dem Feuer,
du hast dir die Finger verbrannt –
au, das tat weh!

Gestern habe ich
zum erstenmal die Hand gegen dich erhoben.
Es war ein Spiel mit dem Feuer,
ich habe mir die Finger verbrannt –
au, das tat weh!

Wir

Ein Auto bremst an der Ampel –
diesseits und jenseits des Lenkrades:
herabgezogene Mundwinkel

Ein Einkaufswagen bremst im Supermarkt –
diesseits und jenseits der Kasse:
herabgezogene Mundwinkel

Eine Straßenbahn bremst an der Haltestelle –
diesseits und jenseits der automatischen Tür:
herabgezogene Mundwinkel

Zwei Paar Gummistiefel bremsen an der Pfütze –
diesseits und jenseits des Wassers:
ein erwartungsvolles Lächeln

Ich

Du kommst mit
meinen Schuhen
meiner Haarspange
meiner Handtasche
meinem Gürtel
meinem Halstuch
und fragst bitte bitte darf ich dein

Hilfe wo ist mein Ich
es liegt verstreut in der Wohnung

egal – morgen gehe ich ganz nebenbei
mein
Ich
ein-
sam-
meln . . .

Streit
(aus deiner Sicht)

Wie schon so oft: ich will nicht wie du.
Zorn im Blick – so kommst du auf mich zu.
Wir keifen uns an, wir zetern, wir toben,
wutschnaubend hältst du die Hand erhoben,
greifst nach dem Tuch –
tupfst die Augen mir trocken.

Oh, Mama, du kannst einen ganz schön schocken!

Tempo

Zwischen Stille und Sturm
zwischen Schneckentempo und Sauseschritt
zwischen Ruhe und Rastlosigkeit

lehrst du mich Gelassenheit

Vorsätze

Früher hab' ich mir vorgenommen:
wenn wir eines Tages Kinder bekommen,
wollen wir immer ihre Partner sein,
immer lieb alles regeln, bloß niemals schrein,
niemals sie beim Spielen stören,
ihnen immer bis zum Schluß zuhören,
nie mit ihnen bloß deswegen meckern,
weil sie mal das Tischtuch bekleckern,
ihnen niemals unseren Willen aufzwingen,
sie nie unfreiwillig ins Bett abends bringen,
ihnen immer begegnen mit viel Geduld,
sie nie belasten mit einer Schuld,
ihnen nie zur Strafe die Liebe kürzen,
immer den Tag mit Frohsinn würzen.

Vieles kam anders als erhofft,
ersetz nie durch selten,
immer durch oft.

Inhalt

Biographische Notiz

Gerhild Frieg, geb. 1957 in Erfurt/Thüringen. Nach dem Abitur Volontärin, später Redakteurin bei einer Dortmunder Tageszeitung. Seit 1980 hauptberuflich Familienfrau im emotionalen Wechselbad zwischen Verzückung und Verzweiflung.

Ich habe zwei Kinder mehr, als ich Hände habe.

Verlagshinweis

Diermann, Gabriele: Der mich entzaubert hat läuft frei (Die Geschichte einer Liebe), 148 Seiten, 15,— DM.
ISBN 3-925595-11-2

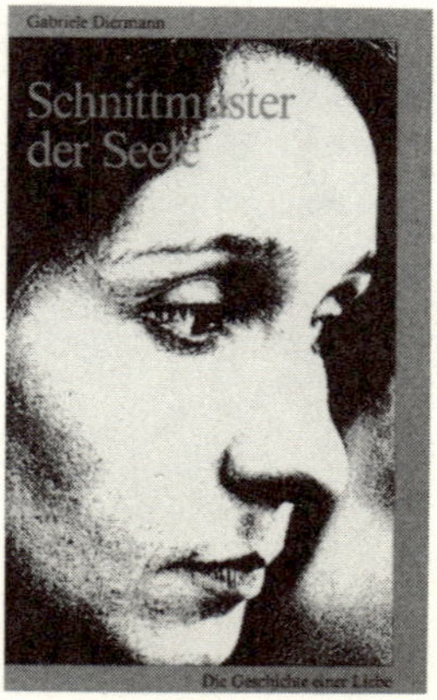

Diermann, Gabriele: Schnittmuster der Seele (Die Geschichte einer Liebe), 2. Auflage, 120 Seiten, 15,— DM.
ISBN 3-925595-03-1